DOIS MENINOS
e UM CÃO

BETH TIMPONI
ilustrações **Mariângela Haddad**

DOIS MENINOS
e UM CÃO

O pátio já estava vazio quando Cadu entrou no banheiro da escola, que parecia ainda mais escuro naquele dia chuvoso.

– Passa logo o boné. Anda! Entrega logo!

"Ah, meu Deus, de novo?". Cadu já tinha levado um soco e gelou quando reconheceu a voz do Juca no meio daquela escuridão toda.

– Não te disse que ele ia ser meu de qualquer jeito? Desde o dia em que viu Cadu com o boné, acenando para o pai na porta da escola, essa ideia não saiu mais da cabeça do Juca.

O boné tinha o desenho de um escudo antigo que parecia ser mesmo de bronze e, no centro, havia a cara de um lobo cinzento, com aquele jeito sério de olhar que os lobos têm.

Não era difícil imaginar aquele bicho andando pela floresta ou uivando à noite, com o focinho apontando para o céu estrelado, no alto de um pequeno monte.

No último Natal, o pai de Cadu tirou esse boné, que sempre usava, e colocou na cabeça do filho, dizendo:

– Quem usa escudo com figura de lobo vira menino-lobo.

Ali no banheiro, as pernas do pequeno tremeram e os joelhos queriam dobrar quando ele olhou para trás e viu os olhos do menino-fera faiscando. Cadu agarrou o boné com as duas mãos bem junto ao peito: mesmo se apanhasse, aquele boné ele não ia entregar.

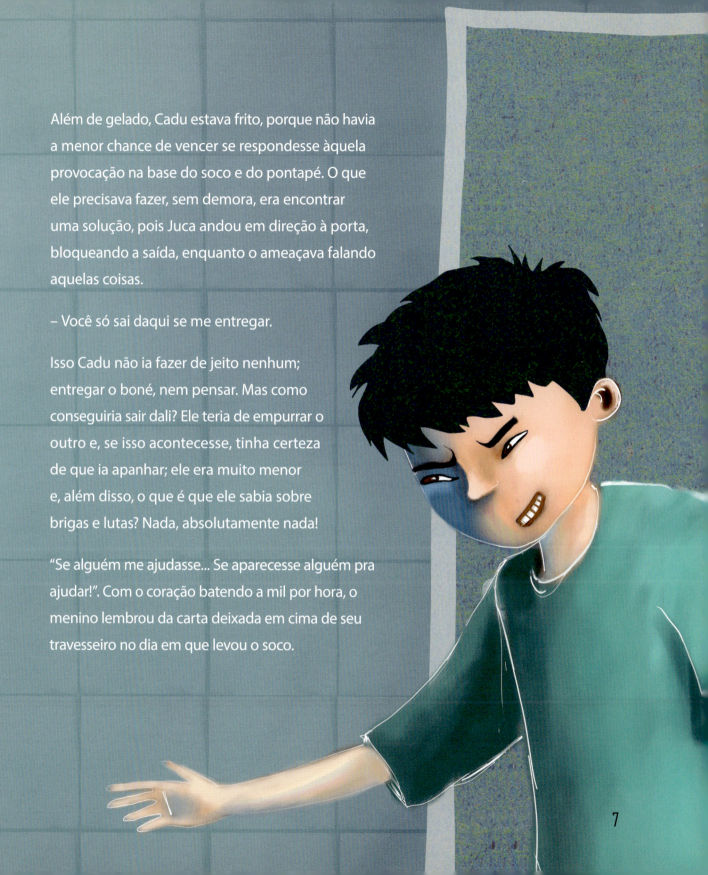

Além de gelado, Cadu estava frito, porque não havia a menor chance de vencer se respondesse àquela provocação na base do soco e do pontapé. O que ele precisava fazer, sem demora, era encontrar uma solução, pois Juca andou em direção à porta, bloqueando a saída, enquanto o ameaçava falando aquelas coisas.

– Você só sai daqui se me entregar.

Isso Cadu não ia fazer de jeito nenhum; entregar o boné, nem pensar. Mas como conseguiria sair dali? Ele teria de empurrar o outro e, se isso acontecesse, tinha certeza de que ia apanhar; ele era muito menor e, além disso, o que é que ele sabia sobre brigas e lutas? Nada, absolutamente nada!

"Se alguém me ajudasse... Se aparecesse alguém pra ajudar!". Com o coração batendo a mil por hora, o menino lembrou da carta deixada em cima de seu travesseiro no dia em que levou o soco.

Querido filho, vi que você chegou com o olho roxo e, sem querer saber de conversa nem de comida, foi direto para o quarto. O que mais me preocupou foi ver você carregando, sozinho e calado, uma coisa que parecia ser muito difícil.

Não consegui dormir direito e acabei lembrando de duas histórias. Lembra do Buck? Pois é, ele era um cachorro tranquilo e brincalhão, mas, depois de levar muita paulada, resolveu atender ao chamado selvagem.

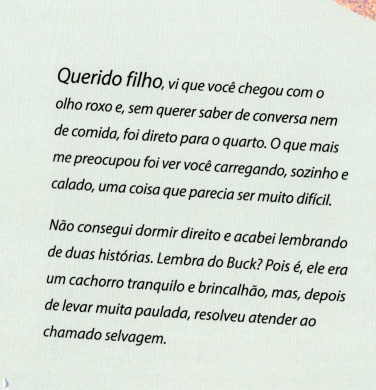

Buck estava certo, quando nossa vida está em perigo, é preciso ouvir esse chamado e aprender com os lobos: eles lutam ferozmente quando sentem fome ou quando protegem a matilha, mas nunca para ferir, sem motivo, pessoas ou animais inocentes.

O herói da outra história é um menino pequeno, magrinho e meio doente, mas muito corajoso, tanto é que, enfrentando perigos, ele ficou escondido espionando a turma que pretendia tomar o terreno baldio onde os meninos da Rua Paulo sempre brincavam.

Com essa conversa toda, só quero te dizer que nem sempre valentão é quem dá soco e bofetão. Às vezes, o vencedor usa a cabeça, observa o ponto fraco do adversário e encontra uma solução sem precisar bater ou apanhar.

Cadu pensou nisso tudo em menos de um minuto, muito menos que isso, levou dois ou três segundos no máximo, e não havia tempo pra pensar em mais nada: levantando a cabeça que estava baixa e os ombros que estavam encurvados, ele olhou bem dentro dos olhos do menino-fera, que, agora, diante dele, estava prestes a atacar, e começou a berrar:

– Foi meu pai que me deu esse boné; eu não tenho culpa se o seu te dá aquelas porcarias idiotas e caras, e só aparece de vez em quando na sua casa. Fique sabendo que se você levantar o braço pra me bater, vou dar sumiço no Pirata. Gosto muito dele, você sabe disso, mas ele vai desaparecer da face da Terra. Vai ser fácil, porque, quando chamo, seu cachorro vem correndo. Nunca mais você vai ver aquele bicho de novo. Nunca mais, cê tá entendendo?

Juca ficou branco, arregalou os olhos e parou horrorizado, como se tivesse tomado um choque elétrico. Nunca na vida pensou que seu vizinho, o pequeno Cadu, que sempre brincava com Pirata, fosse capaz de falar aquelas coisas, muito menos naquele tom de voz.

Aproveitando o momento em que o menino-fera estava confuso diante de uma reação assim tão inesperada, Cadu consertou a mochila que tinha ficado meio caída de um lado e, embora quisesse sair dali correndo, andou calmamente e passou pela porta, levando seu boné apertado nas mãos.

Sem conseguir respirar direito, Juca tentou ainda manter a imagem de quem não tinha medo de nada, mas gaguejou um pouco quando disse:

– Hoje não, mas um dia vou te pegar.

Ele saiu andando devagar do banheiro para não dar vexame caso alguém estivesse olhando, mas, assim que se viu fora da escola, começou a correr de volta pra casa o mais depressa que podia.

"Dar sumiço no Pirata? O que será que ele quis dizer com isso? Que ia dar o Pirata pra qualquer um? Que ia soltar o cachorrinho sabe-se lá onde, passando fome e frio? E se ele morresse? Ele teria mesmo coragem de fazer mal àquele bichinho inocente e do bem, que só trouxe alegria desde o dia em que chegou?".

Na verdade, quando Pirata chegou na casa do Juca, ele farejava e chorava, farejava e chorava, levantava as orelhas e torcia o focinho de um lado pro outro, parecendo buscar cheiros e sons desaparecidos.

Ninguém fazia festa pra ele, ninguém brincava ou falava com o bichinho, que, assustado, começou a se esconder debaixo da escada quando as pessoas se aproximavam. Isso acontecia raramente, já que, na maior parte do tempo, ficava cada um no próprio quarto, de porta fechada, e a casa virava um deserto.

ilha das Pedras

– Sai pra lá, vira-lata! Cachorro chato, sô! – Era daí pra pior o que Juca falava quando Pirata tentava chegar perto.

O menino ficava o tempo todo trancado no quarto, desenhando uma paisagem só: um céu sempre carregado de nuvens cinzentas, cobrindo uma ilha bem distante do continente, sem vegetação alguma e totalmente cercada por rochas pontudas. Embaixo dos desenhos escrevia: Ilha das Pedras.

Quando não estava debaixo da escada, Pirata ficava sentado em frente à porta da casa, horas a fio, com as orelhas em pé, o rabo batendo no chão e os olhos fixos na vidraça que deixava ver a rua.

Um dia, Juca estava no quarto e, abraçado no travesseiro, chorava tanto que seu corpo todo sacudia.

ilha Dois Amigos

Pirata viu o amor ferido que aparecia também nos momentos de raiva do menino e foi chegando devagar. Tinha medo, mas, ouvindo o bater descompassado daquele coração, começou a chorar também. Juca pegou o bichinho no colo pela primeira vez e deu um abraço apertado nele.

Daí em diante, Pirata parou de ficar em frente à porta sonhando com a rua, e o Juca, daí em diante, passou a desenhar um menino e um cão na ilha, que recebeu o nome de Ilha Dois Amigos.

Por tudo isso e mais alguma coisa, quando saiu do banheiro da escola, Juca foi correndo direto e reto pra casa.

Pirata, como sempre, esperava por ele, sentado sobre as patas traseiras e abanando o rabo.

Nesse dia, o bichinho recebeu um abraço diferente, e a voz do menino também não era a mesma de sempre quando disse:

– Vou cuidar melhor de você... Prometo; tá prometido!

Sentindo cheiro de lágrima, Pirata chorou baixinho, mas, de repente, foi se libertando do abraço que recebia, deu uma sacudida, tirou o corpo fora e, passando pela porta que tinha ficado aberta, saiu na maior disparada.

Juca começou a correr atrás dele.

– Volta pra casa agora!

Pirata não deu ouvidos, não queria nem saber, continuou correndo.

– Já falei pra voltar.

O cachorrinho não parava, olhava para o dono e continuava a correr na mesma direção, só que agora em zigue-zague: quando Juca ia para um lado, ele virava de repente e corria para o outro.

Juca também corria e gritava, mas Pirata não atendia; ele só parou quando chegou na varanda de Cadu.

– Não entra, não. Para já!

Não adiantou, Pirata entrou e sentou-se em frente à porta.

Nessa hora, Juca gritou mais alto ainda:

– Pode não. Pode não. Sai daí agora!

Normalmente, quando fazia alguma coisa errada e levava bronca, o bichinho balançava o rabo e agitava o corpo, mas desta vez não fez nada disso. Permaneceu firme, sentado na soleira da porta. Quando olhou para Juca, não entortou a cabeça querendo agradar. Pirata não estava para brincadeiras: apoiado nas patas traseiras, ficou em pé e, latindo muito, começou a arranhar a porta da casa de Cadu como fazem os cães quando encontram alguém machucado.

Juca tentou chegar perto, mas Pirata começou a rosnar e a mostrar os dentes. O menino nem acreditou quando viu aquilo, ele não entendeu o que estava acontecendo: "será que algum bicho tinha mordido o Pirata e ele acabou ficando louco?".

Aquele cachorro que estava na sua frente, de pelo eriçado, olhando de baixo pra cima com olhos de fera, rosnando e mostrando os dentes daquele jeito, nem parecia o Pirata que ele conhecia; parecia mais um lobo.

O menino, que já estava descabelado, passou a mão pela cabeça como sempre fazia quando tentava resolver um problema de matemática difícil.

Será que Juca não sabia que todo cão é parente de lobo? Parentes distantes, é verdade, mas, como são da mesma família, conservam muita coisa dos lobos no sangue.

O lado selvagem dos cães aparece não só quando eles desobedecem e sujam o piso de barro, quando rosnam, mordem, avançam na comida e até em gente – é verdade, às vezes eles avançam.

Isso é um lado da coisa; o outro é que, por serem ainda selvagens, eles conseguem farejar e ouvir coisas que os seres humanos não imaginam nem pressentem.

Eles sabem, por exemplo, que o cheiro de quem está com medo é diferente do cheiro de quem está tranquilo; quando as pessoas estão doentes, eles percebem e, se estão muito tristes, tampouco lhes escapa.

Isso vem de longe, vem do tempo em que viviam na floresta, onde, para sobreviver, era e ainda é preciso ouvir e cheirar muito bem. Também era preciso fazer parte de um bando, porque quem se aventurava andando sozinho ou morria de fome ou ia ser caçado pelos ursos e matar a fome deles.

Os lobos inventaram a amizade, no princípio, por questão de vida ou morte, mas, depois, virou uma questão de honra, uma espécie de lei sagrada: custe o que custar, um amigo ajuda o outro.

Pirata, que trazia tudo isso no sangue, escutava o choro miúdo e sufocado de Cadu à noite, mas, muito antes disso, percebera mudanças no movimento da casa do menino: mudanças no cheiro da comida, no tom de voz das pessoas e na voz do pai, que foi ficando cada vez mais fraca, até desaparecer completamente. Ele olhava para a janela do quarto de Cadu e andava de um lado pro outro, levantava o focinho, agitava o rabo procurando os ruídos, as risadas, a vida que tinha sumido daquele lugar.

Ninguém no mundo iria impedir que ele fizesse o que tinha de ser feito: ficar ao lado de seu amigo Cadu com o olhar sempre atento, oferecendo o calor do próprio corpo, fazendo companhia e chorando com ele.

Bons momentos também não faltavam na amizade que existia entre Pirata e Cadu. De sua janela, Juca via as brincadeiras que o vizinho inventava: ele embrulhava Pirata num cobertor e andava pelo jardim, cantando e balançando o cãozinho no colo. O bicho virava bebê nessas horas, fechava os olhos e alongava o corpo, se ajeitando nos pequenos braços.

Juca não fazia nada disso, afinal, sabe melhor dar carinho quem já recebeu, mas não seria possível continuar escondendo que Pirata ficava muito mais feliz quando o vizinho estava por perto. Sempre atento aos gestos e ao rosto do amigo, o bicho corria, latia, pulava, ia e vinha um monte de vezes.

Voltemos à situação que transcorria na varanda de Cadu: naquelas alturas, já cansado de correr e de esbravejar, Juca entendeu que Pirata não ia mudar de ideia. Vendo que, ainda com cara de lobo, ele continuava firme na porta da casa, o menino foi se aproximando com passos pequenos.

– Tá certo, tem razão. Prometi cuidar melhor de você, não prometi? Não vou roer a corda, promessa é dívida. Você quer visitar seu amigo? Está com saudade dele? Não parece, mas eu também sinto falta de um amigo verdadeiro, pra que esconder? Sinto falta de gente perto pra rir, brincar e conversar.

Pirata deixou que ele se aproximasse nessa hora e o menino deu mais alguns passos, enquanto falava baixinho:

– Não pense que vai ser fácil. Vai ser muito difícil, nem sei onde vou arranjar coragem pra fazer isso.

Já com Pirata nos braços, Juca respirou fundo e bateu na porta do pequeno Cadu.

Enquanto esperavam que o menino abrisse, Pirata começou a lamber o pescoço de seu dono sem parar.

Será que o cheiro de Juca tinha mudado e estava mais gostoso? O menino não gostava daquilo, ia brigar com Pirata, mas resolveu aceitar os beijos desajeitados que recebia.

Aquele cachorrinho não ia ser feliz numa ilha deserta, distante e, ainda por cima, cercada de rochas pontiagudas.

Juca também não: depois disso, em seus desenhos, ele ligou a Ilha Dois Amigos a um continente, depois a outro e a um outro ainda, até que ela ficasse ligada a todos os continentes do globo terrestre. A península ainda não tinha nome, mas isso viria com o tempo.

A ESCRITORA

Beth Timponi é mineira e mora em Belo Horizonte, onde cursou Psicologia e Filosofia na Universidade Federal de Minas Gerais. É psicanalista e tem artigos publicados em jornais e revistas dedicadas à psicanálise e à educação.

Publicou, também pela Crivo Editorial, *O sabiá e a menina* e A *fada que bordava na seda*. **Dois meninos e um cão** é seu terceiro trabalho na literatura infantil.

A ILUSTRADORA

Mariângela Haddad é uma ilustradora e escritora mineira, nascida em Ponte Nova.

Estudou Arquitetura na École des Beaux-Arts, em Paris, França, e Artes Plásticas na Escola Guignard, em Belo Horizonte.

Suas ilustrações e textos já ganharam alguns prêmios significativos, entre eles, o CEPE, o Barco a Vapor, o João-de-Barro e o Jabuti.

Este livro foi ilustrado no computador.

Dois meninos e um cão © Beth Timponi 05/2023
Ilustrações © Mariângela Haddad 05/2023
Edição © Crivo Editorial, 05/2023

Revisão Amanda Bruno de Mello
Edição Juliane Gomes de Oliveira
Projeto gráfico, diagramação e ilustrações Mariângela Haddad
Coordenação Editorial Lucas Maroca de Castro

Dados Internacionais de Catalogação na
Publicação (CIP) de acordo com ISBD.

T586d   Timponi,Beth.
Dois meninos e um cão / Beth Timponi; ilustração Mariângela
Haddad . – 1. ed. – Belo Horizonte : Crivo, 2023.
32 p.: il.; 20,5 cmx 23 cm.
ISBN: 978-65-89720-27-0
1. Literatura infantoinfantil. I. Haddad, Mariângela. II. Título.
CDD 028.5   CDU 087.5

Elaborado por Alessandra Oliveira Pereira CRB-6/2616

Índice para catálogo sistemático:
1 . Literatura infantojuvenil
2. Literatura infantil

CRIVO EDITORIAL

Rua Fernandes Tourinho, 602, sala 502
30.112-000 — Funcionários — Belo Horizonte — MG

- crivoeditorial.com.br
- contato@crivoeditorial.com.br
- facebook.com/crivoeditorial
- instagram.com/crivoeditorial
- crivo-editorial.lojaintegrada.com.br

Este livro foi composto em Skia sobre Cartão 250g, para a capa; e Myriad Pro em Couche Fosco 115g, para o miolo. Impresso em junho de 2023 para a Crivo Editorial.